Ria Zenker
Nun sei allein
Gedichte

Ria Zenker

Nun sei allein

Gedichte

Verlag
DIE SCHEUNE

© 1998 Verlag DIE SCHEUNE

Alle Rechte vorbehalten
Herausgegeben von C. David
Satz Michael Hempel Grafisches Büro
Herstellung MaroDruck Augsburg
Umschlagabbildung Jan Moráwek Zenker
Autorenfoto Lorenz Zenker

ISBN 3-931684-14-8

Inhaltsverzeichnis   Seifenblase 7
Schwelle 8
Ankunft im Winter 9
Vor Weihnacht 10
Weihnacht der Freunde 11
Wintertag 12
In memoriam 13
Nord 14
Atmung 15
Schwangerschaft 16
Schweigend hat Winter 17
Engel 18
Winterkadenz 19
Skizze im Mai 20
Mies im Mai 21
SIEH AN: der Frühling 22
Schenkung 23
Anderssein 24
Ehe 25
Formschnitt 26
Pferd 27
So unter den 28
Kleid 29
Abwesenheit 30
Stadt im Regen 31
Krayenburg 32
Verbeugte ich 34
Impression Petzow 76 35
Begegnung 36
Gesellschaft 38
Familie 39
Sandalenzeit 40
Umgezogen 41
Hausfrau 42
KOMMEN WIRD 44
Bis du wiederkommst 45
Ehe-Rondo 46

Inhaltsverzeichnis

Villa Petzow 47
Windsommer 48
Nocturne 49
Anpassung 50
Leben bleiben 51
Das Mahl des Dichters 52
All seine Bilder 53
EIN ARMER MANN 54
Kind 55
Erklärung für R. 56
Weißes Geländer (Für P. T.) 57
(Für W. und andere) 58
Tod einer Gelähmten 60
Taub 61
Mann im Winter 62
Frau G. mit Winterhut 63
Anhörung (A.D.) 64
Wozu S. einen Balkon hat 65
Freund (Für G. L.) 66
Ich bin die tote Mutter 67
Spätsommer 68
Modulation 69
Herbststill 70
Flugstille 71
Wirklich November 72
Wie dieser Herbststurm 73
Dunkelzeit 74
AUF UNSRER EINZGEN GROSSEN FAHRT 75
Väter im Herbst 76
Noch da sein 77
(Für H., den Vater) 78
Besuch (für H.) 79
Verstorbenheit (für H.) 80
Die Söhne 81
Neu Jahr 82

Die Autorin 84

Seifenblase   SEHT DIESE WELT
Ich habe sie gemacht
vollkommen rund
aus meiner Lust

Nun sei allein

Du meines Atems
meiner Gärten Spiegelung
Zeugnis des Schöpfers

Und des Schöpfers unbewußt

Schwelle Wie sie sich abspulen
Jahre
Im Rückspiegel einfach
vorbei

Wie?
Schon so spät? Und wiedermals
dieser GUTE RUTSCH
den sich ansäuft die
hilflose Feier

Schöne Rührung Erschrecken
Der zärtliche Vorsatz

Oder auch Glocken

Späne der Jahre
Früchte der Jahre
Atem der Jahre ...

Ein Nüchterner
preßt seine Lippen aufs Brot
und befiehlt sich
Mut

Ankunft im Winter   Ach fahren   fahren!

Schwankenden Vögeln
wirfst Du eine Wolke
Frohmut zu

Traumkörner rote
streust du ins Kreuznetz
der Rehspur

Schräg im Schneefeld
ein einsamer Apfelbaum
ihm legst du
dein warmes Gesicht um

Und lehnst dich zu Gast
in tausend Fenster

Von düsteren Wäldern
aufflattert dein Herz –

Eines Bahnhofs
gewölbte Frage

Vor Weihnacht Zange
des Alltags und
viele Grüße

Berichte
von Kerzen

Beton
Hast
Beton

Sternchen

Die Kinder
im giftigen Regen

O Tannebaum braun

Wo denn hin
flieht Marie
mit dem Kinde?

Weihnacht der Freunde   Wo ihre Stimmen
wandern durch den Schnee

da treten alle Kerzen
aus den Fenstern

Und jeder Schatten
scheint des andern
Licht

Wintertag Dämmrige Ebene
zwischen Nacht
und Nacht

Minutengeblüh
Sonne: Dahin wir
ein leises
Lachen wagen

aus der grauen Stille
von Nacht

zu Nacht

In memoriam   Die Sterne fahren übers Haus
Vater im Schlaf sieht feldgrau aus

Kind warmes weiches träumst du schon –
es war einmal ein Judensohn

und Kreuz und Gas

                    Am Himmel fährt
der große Wagen unversehrt

Nord Es dreht der Wind sich
über dir und mir
– wir haben immer Nord
gewisse Zeiten –
dann friert die Liebe
friert der Freund dir fort

Wir lassen uns
in kalte Gräber leiten
Wir haben Eiszeit
totmaltotes Flügeltier

Verschneiten Auges
überwintern wir

Atmung Die dir der Liebste auflegt
schöne Maske Hoffnung

dich geduldig beatmet
in Stunden der Luftnot

Wann ist das

Wenn dich der Beton würgt
Gardinenkommandos
den Strick drehn

Quadratur dich planiert

aufquillt der schwarze Dachpilz
Sirene –

Tür an Tür
die verschlossenen Nachbarn

Warum haben wir denn
kein Haus auf dem Feld –

Laß' wohnen die Bäume
(Zündholz Tisch Schrankwand
alles nötig)

aber solange sie leben:
ihr Atem grün

Schöner Baum
zärtlich Hand:
geduldig alles
mit Atemlosen

den Glücklichen: Wir
haben ein Haus in der Welt

Schwangerschaft (1)

Nachts
kultiviert es mir Ängste
nachts hockt es weinend
auf meinen Kulturen, meiner
grünen Vergänglichkeit Ach
es bewegt sich
bewegt mich Im Windrad
lärmen die Toten

(2)

Lichtwärts
bauscht mich November
schwellende Wolke
hebt es mich fort
Öffnet spaltbreit die
Dreizehnte Tür und
bewegt sich
bewegt mich Mariekind
taucht in die Feuer

(3)

Seltsam
mag es sich wohnen
Insel im Fruchtsee im
wankenden Haus Dunkler Stimme
Lust und Erschüttrung Das
regt dich
bewegt dich: Die Mutter
ruft aus den Nebeln

Schweigend hat Winter
mein Haus umstellt
an Eisblumen lehn ich die Stirn

und denk an die Ströme
die unter der Eishaut
drängen und leben
und warm sind in den Tiefen

An die Bäume denk ich
die ihre Säfte auffüllen
für morgen

an die Schwärme der Vögel
die mutig sich sammeln werden
zur Rückkehr
die Schwachen erfrieren

Ich will
meine frierenden Hände
um eine Arbeit schließen
und meine Sorge lieben
Menschenstimme und Stern

denn ich gedenke der Toten:
Wie schwer sie dies Leben
aus ihren Händen ließen

Engel Nur die Wimper des Traums
streifte der feine Kometschweif –
Einer der Mächtigen
scheinst du mir nicht
schadhafter Engel

Antares
verbarg sich im Auge
wie auch der Mond glitt
von Caspars Gefilden

und felsiger Unrat
dräute um Lippe und Brust mir

Du aber Engel
noch fühlsam in irdener Frühe
Irrlicht oder Licht du:

Ich küsse
den flüchtigen Fuß

Winterkadenz

Sage: Es ist wahr
im Winter bist du
ein Jahr älter geworden

Immer geschieht das
im Winter

Wenn das Dunkel
sich auffüllt
Wenn die Starre
im Fenster lastet

Wenn wir erlöschen
unter der Lampe

Ach daß du dann wieder
den Fuß zwingst
in den Schlamm des Frühjahrs
den erbärmlichen Husten heimschleppst
mit Mantel und Einkaufsnetz

die winzigen Falten ums Auge
glättest:

Gestehe die Hoffnung

Immer singt die Amsel
zum ersten Mal

Skizze im Mai   Sandspielkasten
bunt ausgeschüttete Formen
Die leere Wäscheleine
zum Abend

Das maiwarme Gras
leicht wieder aufgerichtet
nach Kinderfüßen

Hinter rostigem Zaun
die Narzissen
über Beeten schon Mond

Silhouette: Bereitete
Wohnungen für
heimschwankende Krähen

In der Gegensonne
das Mädchen mit Spiegel
und Lippenstift

Mies im Mai   Da hockt man nun mitten
darin in der fülligen
Wiese Leben
Hockt – und ist
mies

Wie das streichelt
und piekt –

Wie das summt
und krabbelt
und blütet
und flattert
so um einen her

Doch man bleibt
mies

Weil das auch
eine Art von
Vergnügen ist:

So müde zu tun
Und so überdrüssig
zur Sonne hin:

Ach lassen Sie doch
dieses Honiggeflöte

SIEH AN: der Frühling
hat sich den Winterhut
aufgesetzt
Und tut jetzt
als ob er wirklich
der Winter wär

Schreitet gewichtig
im Schneepelz einher
bläst seinen Rauch
verachtend
auf Wiese und Strauch
steht am Spiegelsee
seinen Wattebauch
strenggefällig betrachtend

Schnupft sich in den Schnee
wird vor Lachen krank
Niest die Meisen auf

Jagt zwei Liebende
von der erwärmten Bank
und setzt sich selber drauf

Schenkung MEIN LEHRER
küßt mich zuweilen

Mein Lehrer ist behutsam

Mein Lehrer hat mir ermöglicht
das Studium Mutter

Ich störe ihn nicht

Des Lehrers Gezeiten sind rar

Mein Lehrer ist freundlich

Mein Lehrer ist traurig

Ich bin ihm kein Himmel

Mein Lehrer
schenkt mir eine Kette
aus Salz

Anderssein Warum soll ich nicht tanzen
und ziehen durch
durch die goldenen Brücken

Warum soll ich nicht spiel'n
mit der Freude
rollen dir deine
lärmenden Kinder zu diese
Paradiesfrüchtchen
fang auf

Eins zwei drei
eh du abzählst
dunkle Vokale der Ohnmacht

Ich will
dich verführen zu heiteren
Sonnenspiegeln

Ehe   Wenn aber sein Herze
hinschleift wie ein Regen –

Was soll ich tun?

Mich gegenspannen
mich schwemmen lassen

Ihm kommen
mit einer Schütte Sonne –

Ich will beiseite gehn
mich befragen:

Was kann er tun
wenn mein Herze
hinschleift wie ein Regen

Formschnitt   Gekeimt aus Zehewurzel zart
im Leib gewiegt
und aufwärts
warmen Leibs entwöhnt:

Haar meines Kinds
wie ließ ichs so staubhin
und ging

und gehe fröstelnd
in mein weißes Haar
das bricht staubhin

Ein Formschnitt
macht zwei Silberlinge Schuld

was aufsteht spiegelt sich
und sagt: Ich bin

was hingeht
schlägt die Flügel vors Gesicht

Pferd   Und wieder die Hufe
hohl in den Straßen
die mich hetzen
die mich auffinden werden
hinter Trepp und Verschlag

vor der Tür
vor der Tür

immer diese nachbiegende Brettertür

die mich hetzen
mich auffinden werden

in Patrizierhäusern mit Fahrstuhl
oder wo Atlasgebrüder
den Balkon stemmen
In Bürgerschlafzimmern
gongt die eichene Standuhr

immer diese
nachbiegende Brettertür

wenn sie bricht
wenn sie bricht
hetzen
die mich

Von Gardinen erstickt
im weißen
Betonblock aufschrei ich

den Huf im Gesicht

So unter den
Fischen sein
noch darunter

verzweifelt die
Hände strecken
nach einer
Sonnenfaser –

Und doch:

festhalten
Meeralgen-Gefieder

besser als
festhalten
nichts und
nichts

Kleid   Einer rief mich:
Ich sollte ihm geben

Da trug ich mein Kleid
auf die Wiese   O Himmel
das wurde in Blumen
gebauscht das wurde
verletzt von der Distel

Ach wenn das
die Mutter wüßt

Blutend
es trug mich nach Hause
Es legte mich ab
unversehrt und

hängte sich auf

Abwesenheit   Wo bleibst du
warum
schaukeln deine Bücher
die Bilder an den Wänden
wenden sich

ein Stift
beschreibt sich selbst
und alle weißen Blätter
sehen schwarz

es sitzt
der Stuhl auf dem Kissen
es klappert
die Lampe

die Schreibmaschine
macht Licht
damit ich besser
sehen kann

ich sehe nichts

es fehlt dein Auge
Mann

Stadt im Regen   Irgendwer
müßte jetzt
lachen

Ein Blumengesicht
machen

oder ein Bündel
Sonne verkaufen

Oder auf
Notenabsätzen
laufen

Oder nur so
einer menschlichen
Stimme wegen
zur Straßenbahn sagen:

Verzeihen Sie
dieser Regen

Krayenburg
(Die drei Mahlzeiten)

Frühstück

Aus der hohlen Hand
sieben Schluck
Nebelfrühe
und ein Grünblatt Wald
in den verwunderten
Magen

warum nicht

Gifte schluckst du
genug
Und ein wenig Natur
kann dem Erdgebornen
nicht schaden

Mittagessen

Eine Schüssel Sonne
gegen die Gänsehaut
und ein Borkenbrot
gegen kranke Zähne

warum nicht

Faserfleisch und Sehnen
schlingst du
genug
und ein Laubweg kann
kalten Füßen
nicht schaden

Abendbrot

Wiesenkraut-Tee
eine Beere
Mondelixier
leicht verdaulich
und gegen die Herznot

Auf dem Nachttisch
ein Glas voll Stille

warum nicht

Lärm und Lichtreklame
schlürfst du genug
Und ein wenig Schlaf
kann auch den Träumen
nicht schaden

Verbeugte ich
tagmüde
ferne
meines Traums

Sklavin der Kinder
und Gewährerin
der Liebe
schmales Wohnrecht

Zornhaarige
zerrend
am Zuschlag der Zeit
schlüssellos
und in Ohnmacht

Sanft
o mein Kind mein Reh
sind meine Hände
zur Nacht

Impression Petzow 76   Ein Bett – ein Brot
die Spinn versteckt

O fahr hinaus nach Frühling
treib ins Land

Wie war das doch:
Ein Kirch – ein Wald – ein Sand

das scheue Bleßhuhn aufgeschreckt

Ein Traktor – Katzen
Bäckerei

Ein Flugzeug stieg
wohin – wer weiß

Auch winkte uns
ein Feuer flugs vorbei

Noch Schnee im Schilf

Der Schwan sang überm Eis

Begegnung (1)

    Du schwarze Schwalbe
    die mein Haar nicht streift

    Du junges Lied
    das ich verschweigen muß

    Du meines Auges Feuerkreis

    Der Träume dunkler Überfluss

    Ein Schwalbe rote die von mir nichts weiß
    und sanfte Regenbogen schlingt
    um meinen Fuß

(2)

DU
zu dem ich nicht kommen will
aber komme
den ich verneine
in meinen Traum hole

Du
der nicht weiß
und soll fühlen
mich in seinen Traum holen

ach
in der Herberge
deiner Unnahbarkeit
will ich mich einrichten
wohnen
im blühenden Distelbett
deiner Augen

(3)

Daß ich sein sollte irgendwann
außerhalb dir

Straßen die nicht berührt dein Fuß
Luft die du nicht atmest

Du
den ich atme auf Straßen noch
der mich berührt in der Luft

(4)

Der Fremde wird vorübergehn
der Fremde sieht mich stehn
und nicht – daß ich nur wieder
stille werde

Der Fremde träumt mein Träumen nicht

Der Fremde aber
geht in mein Gesicht
ein wie ein Regen
in den Mund der Erde

Gesellschaft Ich weiß: Dies alles
lebt auch ohne mich

Es fragt in mir
warum ich spreche – bin

So glaub ich an den Gott
den es nicht gibt

In meinen Augen
trag ich mein Gesicht
sprachlos vor Grenzen

Über Grenzen hin
du Mensch wie ich

beatmet mich dein Blick

Familie	Ich will mich an die frischen Brötchen halten
die der Sohn auf den Tisch bringt

Ich will mich an den Sohn halten
der den Vater beim Wort nimmt

Ich will mich an den Gefährten halten
der dem Söhnchen die Schuhe bindet

Ich will mich an die kleinen Schuhe halten
denen wir staunend entwachsen

Sandalenzeit Bunte Pilze
sind aufgesteckt
den Balkons

In den Waben
der Hochhäuser nistet
ein fröhlich Geblüh

drin ein hellblau behemdeter
Greis: Grüß euch
Brottaschenkinder
durchsichtige Fraun –

Vor der Kaufhallentreppe
bietet Kleingärtner M.
für einen Silberling
Rosen

In Spankörben schwenken
Erdbeern neben
bronzebraun Beinen

Frau Nachbarin
die wieder Windeln klammert
hat schneebleiche Waden
noch immer

Umgezogen Seht wie wir wohnen!
Aha
so wohnen sie also
die Möbel

Seht wie wir wohnen
Aha
so wohnen sie also
die Stoffe gelegte gehängte

die Pflanzen die Fenster
Seht wie wir
sagen die Häuser
die Bäume vorm Fenster

Ach
es ist alles so wahr:
Meine Träume

erinnern sich nicht mehr
an mich

Hausfrau (1)

    Ich hoffte
    die Ordnung
    würde mir helfen
    mich selber
    in Ordnung zu bringen

    So mach ich
    meiner Wohnung
    stundaus stundein
    Ordnung
    Ordnung
    Ordnung

    Keine Zeit mehr
    mich selber
    in Ordnung zu bringen

(2)

    Wo
    in den Schüben
    und Schränken
    liegt mein
    Irrtum

(3)

Ich hoffte
wenn der Dreck weg ist
könnte ich, Kind
mit dir spielen

und käme, Gefährte
auch unsre Liebe
wieder zum Vorschein

So mach ich
meiner Wohnung
tagein jahraus
Dreck weg
Dreck weg

(4)

Und weine
über die Schuhe
die ich entsande
die ich poliere

Ach eure Schuhe:
in denen ihr
heimkommt
fortgeht

fortgeht

KOMMEN WIRD

meine traumlose Zeit

Ja
dann werd ich
den Teppich kehren
den Fliegendreck kratzen
am Fenster
in die Luft
bitterbös beißen

ein Kopftuch umbinden

Einem verlorenen
Schlüssel nachlaufen
durch siebzig
Kaufhallen mich

unendlich müde kaufen

Bis du wiederkommst   Wische Staub inzwischen
Auch Verschüttetes viel

Wasche mich aus den Kleidern
sieben enge Jahre

Paß' mich wieder hinein

Schreibe dir: Verzeih

Tret versehentlich
deinen Handschuh

Schichte gemangelte Hoffnungen
ins Fach ganz hinten

Find auch lässig gefaltet
Nachtsegel mit roten
Initialen
verweile mich nicht damit

Ach ich bin so putztüchtig
Wenn du kommst

wirst du sagen: Wo sind
unsre Fenster

Ehe-Rondo   Er sucht seine Brille
Sie sucht ihr Taschentuch

Sie sucht ihr Taschentuch
Er sucht seine Brille

Er sucht ihr Taschentuch
Sie sucht seine Brille

Sie sucht ihr Taschentuch
Er findet ihr Taschentuch

Sie findet seine Brille

Villa Petzow   Ja was eigentlich
Blicke
Akupunktur
Gesundheit

Was eigentlich
Sterne
sind aufgehängt
Spinnen

   Ein Schreibtisch
   Ein Kuchen
   Ein MAHLZEIT

Freilich seewärts
sanft schlägt der Schwan auf
tanzt die Mondspreu tanzt
ach ja das

Lautlos
legt sich der Alp
an dein Kind

Windsommer   Am Himmel zerzaust:
Die Sonnenrose
Lerchenlied blättert
ins schäumende Grillengras

Flutwelle Weizenfeld

Ein Oktavheft: zu klein
für Bussard und Vierblattklee

Leichter hält eine Zeile
die reglosen Schatten
des Waldrands

fängt eine Seite
den grollenden Traktor ein

als das Knistern
reifender Ähren

Nocturne Verändert ist der Mond
Er zaubert wieder:

Das Korn steht auf
und unsre Sterne paaren sich:

Ein Augen-Blick
der sich erschreckt entzweit:

Geh Landmann
deine Ernten rufen dich

Es blicken meine Fenster
auf mich nieder:
O ich
so weißes weißes Kleid ...

Anpassung   Ich wasch mir mein heiles
Gesicht ab

Die wirklichen wahren Geschichten
streif ich mir über

(nun glühn die Geigen in anderen
Farben)

Ich beziehe die Wohnung
vom Garten weit ab

Ich geh aus dem Haus früh
zur Krippe die Kinder

Da siehe nun grüßt mich
der Nachbar: Im Echo

der Steine
der Räder

Leben bleiben   Darum spurtet der eine ums Haus
ruht sich ein anderer aus

darum ißt der eine nach Maß
braucht der andere seinen Essenspaß

darum halten wir uns kinderlos
darum tragen wir Kinder im Schoß

darum betest du Mensch zu Gott
schlägst du Mensch einen tot

Manch einer geht Zeit vertreiben

und manch einer wird Briefe schreiben:

UM AM LEBEN ZU BLEIBEN

Das Mahl des Dichters Sie fragten sich, wo er nur wieder sei.
Nicht hier, nicht hier – sie aßen ohne ihn.

Er aß den Fisch. Er faltete sein Tuch.

Sie küßten ihn, der zärtlich und gerecht
das Brot mitteilte, wenn er sprach zu ihnen.

Nehmt Kinder nehmt – bald ist das Mahl vorbei.

Sie fanden ihn, in dunkle Wasser hingestreckt
      ein weißer Fisch
und von gesunknen Himmeln zugedeckt.

All seine Bilder
sind verdorrt

Ach, seine Stimmen
haben sich erhängt

Der Arme Dichter
hat sich eingeschränkt
und will versuchen
so zu leben

Kannst du's?
Du kannst es nicht

Wovon du arm wirst
kannst du keinem geben

Der Dichter weiß es.

Redet nicht.

EIN ARMER MANN
ging eines Abends
vor die Hunde

Verzeiht mir, sprach er
ich bin
NUR EIN MENSCH

Da legten sich
die Hunde
ihm zu Füßen

Kind Die Eltern
geben ein Geld
(kauf ich mir das Gewehr)

und den Schlüssel um
(keiner zu Hause)

Sie lieben mich

(Ich geh runter raus
wegen der Luftgesundheit
Ich knall die Faschisten ab)

Aber auch lieben sie
alles was neu ist zu Hause

(da halten sie – wie sie sagen –
die Hände drüber)

Und alles ist neu
außer mir

Erklärung für R.   Er ist meiner Söhne
gewaltiger Onkel
der mit der Geige
der mit dem Stift

der Fußballhurra
und – seit der Bauch quillt –
der Laufumshaus
oder feldein

Fröhlicher Radspeichensinger
grollender Rechtler

gebeugt
in die Formen für Worte

du meiner Söhne
gewaltiger Onkel:
Die Zeit
hat dir eine Brille gemacht

und eine Taube
im Herzen

Weißes Geländer
   (Für P.T.)

Ein Fetzchen Blau
kam geschlendert
anrührt mich

Aber ich weißes Geländer:
Wie viele Farben
streifen vorüber

Einer wollte mich
weiß.

Wasser unter mir
sanftes und wildes
Blau ließ segeln
ein Blatt

Lugten Blondköpfe zwischen
schleuderten Steinchen
und Spuckeflöckchen

Vergaß ich Blau.

Ädern Träume
wills mich splittern
Aber einer
erhält mich weiß

Ist gegangen
zur Weide
hat sich verfangen
Blau
in liebliches Haar

(Für W. und andere)   (1)

    Wenn aber einer
    nicht steht auf den Füßen
    den Händen nicht nein
    mit dem Kopf schürft
    die Erde

    mit den Zehen sich einkrallt
    in nichts – sagt ihr –
    nichts als Luft

    WAS WILL ER –

    denk ich
    zu nichts als Luft
    will er den Kopf
    nicht erheben

    (2)

    Wenn aber
    sein Herz sich erbricht
    in den Kopf

    denk ich ist euer Kopf
    frei von Herznot
    was fragt ihr so spät

    laßt ihn aber
    verlaßt ihn nicht
    ER
    hält es aus

(3)

Wenn aber diesem
die Welt sich verkehrt hat
er sieht nur die
Füße die treten
zertreten

und sieht nicht:
tritt uns ins Gesicht

sag ich: steh auf und geh
Mensch ach Mensch
Land genug
mehr als Luft
wirst du finden
zu leben

Tod einer Gelähmten   Sie fuhr aus ihrem blauen Mund
Verweigerte das Licht
das ihr entgegenkam

Nahm keinen Palmzweig
keine Flügel an

Und dankte Gott nicht
der sie jetzt
erst jetzt

zur Kenntnis nahm

Taub   Für Dich
leben die Straßen
lautlos

Deine Sprache
ist die Bewegung
des Baums

Du tauchst deine Hände
ins Meer:
daß du fühlst
wie es singt

Und du lernst sehn
den Gesang
deiner Kinder –

Da ich dich nenne
seltsam:
du wendest dich um

Mann im Winter Ein leiser Husten
geht von ihm aus

In scheues Lächeln
hüllt er seinen Mantel

Und unter vielen
Schichten Einsamkeit

Sein Herz:

Wie eine Bitte
um Verzeihung

Frau G. mit Winterhut   Meiner Beine
geübter Frau-Schritt
noch in Gummistrumpf
und Orthopädenschuh

Würde
hält der Winterpelz
und Wärme mäßig
Im Glacéhandschuh friert
jeder Finger allein

Der Mutter-Schlapphut
ist meinen erwachsenen
Söhnen zuwider

Hüte ich mein Gesicht

Erstarrte es nicht
es müßte weinen
um so vieles verschneites
Leben

Anhörung (**A.D.**)   Bevor sie kam
hat sie sich selber
abgelegt

Bringt ihre leeren
Hände mit
und öffnet nur zu hören
ihren Mund

Frau
hast du längst vergessen
wie man Feuer schlägt?

Erinnre dich

Erinnre dich
auch deiner Stimme
Mensch ach Mensch

Und nimm dich wieder auf
in dein Gesicht

Wozu S.   Um sich zu verstecken
einen Balkon hat

                vor Nachbarn
                der Sonne
                dem Staub
                und dem Wind

                Um Wände zu züchten
                Um ein Dach zu biegen
                bis unters Kinn

                Um eine Luke zu lassen
                daß die Kaffeetassen
                mit Draußen sich füllen

                Um drinnen zu sein
                wenn es regnet

Freund
(Für G.L.)

Eines Tages
werd ich am Telefon
tot umfallen

– dann hat der Freund
der einsame
nur ein Dreiviertelstündchen
geredet über die
übliche Zeit –

Ein Denkmal aus Tränen
wird er mir gießen

schleunigst meinem Mann
das Regal bauen
für seine Bücher

Meinen trostlosen Söhnen
versprechen:
Ab sofort
und sein übriges
einsames Leben lang
jeden neuesten
Briefmarkensatz
komplett
und, versteht sich,
mal zwei

Ich bin die tote Mutter   ich weh' herüber dann und wann
und sehe meine Kinder an

die Tochter geht mit ihrem Kind
die Tochter sagt: es ist ein Wind

Ich bin die tote Mutter

die Tochter weint sie hat ihr Leid
ich rühre fühllos an ihr Kleid

Ich bin die tote Mutter

dem Kinde kommt ein Blatt vom Wind
der Vater geht mit seinem Kind

der Tochtermann
sieht mich mit blinden Augen an

Ich bin die tote Mutter

das Kind wirft einen bunten Stein
in mich herein

Spätsommer   Geschäftig hin
durch den gesponnenen
Morgen: schon
stört dich das
klebrige Grauhaar
Spätsommers

Über welkem Geheimnis
verbliebener Gärten
dunstet das Sichtbare:
Hochhaus
und Hast

Unsichtbar
Satelliten: das Auge
Wir sind
nicht mehr sicher
vor Botschaft

Die Nacht
steht ohne Gestirne
mein Schlaf
hat kein Auge mehr

Sonnenblume
vor dir
herrliche Schwester
beicht' ich die Angst

Einer könnte errechnen:
wir
haben kein Recht mehr
auf Regen

Modulation Man wickelt den Sommer
in ein Kastanienblatt
und legt ihn unter
die alten Kleider
Man tut das nicht gern

Aber Herbst ist modern
Herbst hat
buntknisternde Schuh
und er trägt dazu
Großmutters Nebeltüll
Weich hat man gern

Und bald wird es modern
die Haare in eine
Wolke zu binden

Und nun müßte man
Sterntaler finden
dem Himmelkalender nach

Aber ach ...

Herbststill Endlich wieder
bin ich die Schwester
der Gräser

inmitten dörriger
Großväterstauden
ihr stakigen Wächter
über dem Kleingrün

Die fruchtleeren Halme
gebeugte auch
viele

Das ist so

Ein Anblick von Tau-Licht

Das Schweigen der Äpfel
die du nur hörst
wenn sie fallen

Flugstille   Der Karussell-Schwan
hängt
in seinen
Ketten

Das dreht nicht
fliegt nicht mehr

Kein Blatt
dreht sich
am Ast

Ein Schlaf
aus Ferne
überglänzt
die Wanderwagen

Wirklich November

Ach aber der Wind
der duftet nach Frühling
Die kahlen Äste
summen von Sonne

Über Chausseen fliegen
die zitternden Himmel

So ins Blau entwachsen
den eigenen Füßen im Laub
die Wiesen
die jubelnd grünen
nach oben reißen –

Da müssen wir wohl
noch durch einen Winter stapfen
gegen die Straßenbahnfenster
hauchen
Wilder Schnee
im Park –

Aber dann!

Sicher werde ich noch
denselben Pullover tragen
das rissige Tuch ums Windhaar

Aber der Wind wird neu sein

Und unserm Kind dieser Herbst
längst zu klein geworden

Wie dieser Herbststurm
zerrt an der Seele

ausreißt
ein Herz-Blatt ums andre

So viele Träume warn mir gewachsen?

Du Kind leichten Fußes
EIN MAL noch
beweg sie zu Stimmen!
Arglos ein Fremder
kehrt sie zusammen
Träume deine meine

alles auf einen Haufen

Dunkelzeit   Krähe satt
in verlöschenden Gärten

Hast du
einen Gefährten?

Was wirst du tun
wenn die Nebel sich schließen
um dein Gesicht

oder allein
in den schweigenden Licht-
kreis deiner Lampe gestellt

Laub fällt
Nebel tickt im Geäst
Zeit
läßt sich Zeit ...

Was wird sein
schläfst du ein
Jemand klopft
will zu dir

Keiner hier?

AUF UNSRER EINZGEN GROSSEN FAHRT
Ich bitte dich:

Auf dieser einzgen großen Fahrt
an deren Klippen augenlose Riesen lauern

Ich bitte dich:
Halt fest halt fest

an diesem einen Goldnen Haar
dem weißen Haar

fest halt die Wälder deiner schönen Träume
die Straßen deines ungeheuren Muts

Die Hand der Welt
Halt fest
dein Herz das felsenschwere
federflüchtige
zweifelnde
zeugende
und Wunders volle
Herz

Väter im Herbst Gebeugte Väter gehn
in herbstlichen Alleen

Das Laub das Laub

Schöne Kastanien, Sohn
Dank für den Brief
und den Schal

Die Zugvögel
verlassen uns schon –

Die Väter stehn
mit schmerzendem Rücken

Die Väter schurrn
mit dem Krückstock das Laub

und träumen der Sonne nach
in den Wipfeln

Unter schweren Holundern
bäumt sich der Staub

Noch da sein Noch immer
kommen eure Schuhe heim
Die Schuhe:
eurer Füße
feuchtes Haus

Noch immer
ist der Tisch
geschmückt
mit euren Stimmen

Ach Liebe
unser täglich Brot

Und gib uns täglich
unsre Angst
daß uns die Augen aufgehn

für den ungewissen
immer wieder
wieder
nächsten Tag

(Für H., den Vater) DER VATER sein
niemandes Sohn

wie hältst du's aus?

(Ach mundlos ist
 was einmal sprach
: mein Sohn)

Und Fragen
wohin sprichst du
deine Fragen?

DER VATER
WIRD VOM FRAGEN GROSS

: Mein Sohn
(was spricht?)
: Die Antwort
 binde mir noch los

Besuch Bist du es:
(für H.) farblos
wie ein Atem ...

Wo ist
wo ist
dein Traum von Rot
dein so geduldig
wiederholter Traum
von Rot?

Du Liebster meiner Schmerzen:

Krähen
haben sich darüber
hergemacht

Schwarz
sind die Nester
deiner Augen

Verstorbenheit Der Gärten Farbgesang
(für H.) und Fülle:
Nicht mehr
für deinen durstgen
Blick

Gedröhn der Straßen
Der Tumult
der Händler:
Nicht mehr
in dein gekränktes
Ohr

Und Worte
Worte ...
Wo du leise sprachst:
Laut-Sprecher
Unheil-SCHNÄPPCHEN
für die Sessel abends

Leer
verdöst der Sessel
SOLL und HABEN
einer nachgelassnen
Zeit

Die Söhne Zwei Männer
jung und gütig:
Es ist wahr ...

Zwei junge Väter
dort
ins Rufen hin:
Ein Schweif aus Leben

Die Glückliche
schaut ihnen nach
bin ich

Neu Jahr   Sekundenschritte
Jahresschritt ...
Die Runden Geburtstage
gleiten auf ihren Nullen zurück
wie auf Rollschuhn

Meine alten Hände

Die alten Glocken

Die Zukunft ...

Mein Wiederholungsantrag
auf Leben

Neue
Frage-Bögen

Biografische Notiz Ria Zenker
Geboren am 15. März 1933 in Görlitz.
Beruf: Fotografin.
Lebte mit ihrer Familie in Berlin und Schwerin.
Ab 1981 wohnhaft in Dresden.

Literarische Arbeiten Lyrik, Kurzprosa, Kinderhörspiele, Nachdichtungen aus dem Rumänischen.
Seit 1974 Veröffentlichungen in Anthologien bei verschiedenen Verlagen (Union, Reclam, Volk und Wissen, Der Morgen, Verlag der Nation), in Zeitschriften (NDL, Wendeblätter) und beim Rundfunk.